HARMONIES SOCIALES.

V.

Imprimerie de MARIUS OLIVE , Paradis , 47.

HARMONIES
SOCIALES,

PAR

ACCURSE ALIX.

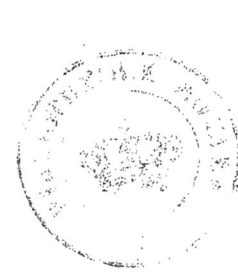

MARSEILLE,
MARIUS OLIVE, ÉDITEUR.
Paradis, 47.

PARIS,
HIVERT, LIBRAIRE,
Quai des Augustins

1837

A

M. S.-A. Sibour,

Comme une faible marque de mon amitié.

Jamais l'esprit humain ne se montra plus actif, plus aventureux, plus téméraire que de nos jours : lois, mœurs, habitudes de la vie, littérature, tout a changé, tout a pris une forme nouvelle. La révolution est partout ; les vieilles gloires du passé, les vieilles dynasties de rois descendus du trône ont fait place à d'autres gloires, à d'autres dynasties ; mais, au milieu de ces souffles orageux qui passent, des cris de ce qui meurt, du bruit des choses qui tombent, la croix reste toujours debout. C'est en vain qu'à la place des dogmes catholiques quelques-uns ont tenté d'introniser je ne sais quelles théories impossibles ; à la place de sa morale douce et chaste, je ne sais quel cynisme impie. Ils sont morts à la peine, et le catholicisme est resté vivant, et son triomphe est proclamé par toutes les voix de l'intelligence.

Aujourd'hui cela est compris : la science, la philosophie, la poésie sont d'accord sur ce point ; car, après tout, après les folles recherches, les vains systèmes ; après les égarements du cœur et les rêves de l'esprit ; après les fautes des individus et des peuples ; après le bouleversement des empires, c'est toujours vers lui que le monde revient, comme l'enfant prodigue à la maison de son père.

L'auteur de ce livre est profondément convaincu que la poésie doit s'inspirer aujourd'hui de la pensée catholique ; que faire autrement, s'il était possible à son cœur, serait se mettre en dehors du mouvement social, méconnaître le présent et tuer son avenir.

Dieu, la nature et l'homme, considérés du point de vue catholique, voilà les objets de ces chants qui ne sont qu'un faible prélude de cette poésie pensante et raisonnable de l'avenir, magnifiquement définie par Platon : la splendeur du vrai.

Quant à la pensée littéraire, l'auteur n'appartient à aucune école ; toutefois, il avoue ici ses sympathies et ses goûts : il est plein d'admiration et d'amour pour la poésie des Lamartine, des V. Hugo, des Reboul, et les vers des poètes de l'empire l'ennuient.

A M. Accurse Alix.

Monsieur,

Je reçus, il y a déjà quelques jours, les remarquables vers que vous avez eu la bonté de m'adresser ; je les ai lus avec un tel plaisir que je regrette de n'avoir pu vous l'exprimer plus tôt et vous dire combien m'a pensée philosophique et poétique répond à la vôtre.

Le moment approche, je l'espère, où, suivant vos heureuses prévisions, tous les partis, tous les systèmes, se fondront en une seule idée, en un seul système sage, rationnel et bon, et où la politique sera réduite à sa plus simple expression : empêcher, autant qu'il est en soi, tout le mal, et faire tout le bien possible.

Votre nom, je n'en doute pas, comptera dans le nombre de ceux qui ont adopté et défendront avec énergie et talent la bannière du parti social ; si des jours meilleurs renaissent pour moi, je jouirai, plus que personne, des fruits que ce talent nous promet.

Agréez, etc.

Lamartine.

Saint-Point, le 29 août 1834.

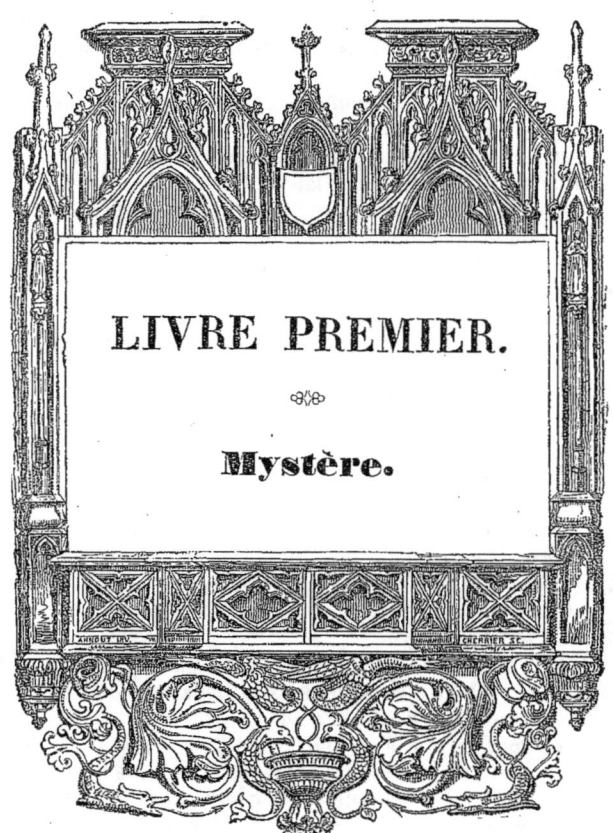

LIVRE PREMIER.

Mystère.

Mystère.

Mystère!

La terre

A travers mille écueils cherche un nouveau climat,

Comme une grande nef dont la croix est le mât;

Quand l'onde

Profonde

Surgit

Et gronde;

Quand luit

Dans l'ombre

Plus sombre

L'éclair

Sans nombre;

Quand l'air

Est plein d'un souffle de tempête,

Et que de peur l'âme humaine est muette,

Heureux qui dans ses bras te presse avec transport,

Car, quel que soit le vent, il flotte vers le port!

A mon Ange Gardien.

A mon Ange Gardien.

❀❀❀

Céleste ami de mon âme immortelle
Qui pour moi seul t'es exilé des cieux,
En m'abritant sous l'ombre de ton aile
Inspire-moi des chants mélodieux !

Résonne en moi comme un écho fidèle
Que dans la nuit notre oreille entend mieux;
Comme l'oiseau sous la feuille nouvelle
Chante en mon âme, hôte mystérieux!

Plus d'une fois, ô mon Ange, sans doute,
Aux chœurs divins que l'Eternel écoute
Tu te mêlas comme un doux instrument;

Viens essayer aux cordes de ma lyre
Ces chants d'amour que tout ange soupire
Dans les hauteurs même du firmament!

Le Triomphe du Christ.

A M. DE LAMARTINE.

༺✧༻

Surge, illuminare Jerusalem ; quia venit lumen
tuum, et gloria Domini super te orta est.

ISAÏE, cap. 60 — 1.

༺✧༻

Le Triomphe du Christ.

A M. DE LAMARTINE.

I.

Si l'étoile du Christ se ternit à nos yeux,
Comme un diamant faux de la robe des cieux;
Si son culte d'amour qui règne sur les âmes
N'a pour adorateurs que quelques cœurs de femmes,

Quelques faibles vieillards dont le regard glacé
Se tourne constamment vers l'ombre du passé;
Si Rome sainte, assise aux rives de son fleuve,
Pleure encore ses Dieux dont elle est deux fois veuve,
Disons, pleurant comme elle et le front dans la main :
Aujourd'hui, la souffrance! et le néant, demain!
Rouvrons de toute part les grands cirques de Rome,
Pour que le léopard y lutte contre l'homme,
Et que la foule immense, inondant les gradins,
Quand l'esclave succombe y batte encor des mains :
Que Néron recommence et que sa main impie
Allume en se jouant un second incendie,
Sans que la plainte amère ou les profonds sanglots
De notre ciel désert réveillent les échos!

Ce cri de désespoir n'est qu'un rêve éphémère,
Une déception de la science amère
Qui prend, les yeux fixés sur notre firmament,
Pour l'éternelle nuit l'éclipse d'un moment!
Entendez l'hozanna que, sur l'orgue sonore
Et le front prosterné, la terre chante encore!

Prêtez l'oreille aux vents de tous les points des airs,
Vous l'entendrez monter de la vague des mers;
Des rives d'Occident où la riche nature
Etendit la savane, océan de verdure;
Des bords les plus lointains de l'Orient vermeil,
Et des pôles glacés qu'ignore le soleil!

II.

Le temps, cet ennemi de l'homme,
Peut bien renverser dans son vol
Les remparts de Thèbe ou de Rome
Qui fouillent avant dans le sol;
Il peut bien effacer l'histoire,
Presser la gorge de la gloire
Pour étouffer son dernier cri;
Il peut tarir l'eau dans la source,
Eteindre un soleil dans sa course
Et ne peut rien sur Jésus-Christ!

Voyez! le lion populaire
Peut lacérer entre ses dents
La pourpre sainte, héréditaire,
Qu'il adora quinze cents ans;
Fier de son triomphe il peut dire:
« A toi les rênes de l'empire,
« Prends ce sceptre et ce manteau bleu! »
Mais nul ne peut de son royaume
Bannir le Christ et dire à l'homme:
« C'est toi que je choisis pour Dieu! »

Ce serait (ivresse ou démence),
Dire à l'astre-roi qui nous luit:
« O soleil! de ta voûte immense
« Descends et fais place à la nuit;
« Car parfois tu voiles ta face,
« Ton ciel est noir, l'air est de glace,
« Et la terre est lasse de toi! »
Que t'importerait ce murmure?
Toujours l'immortelle nature
Te proclamerait son seul Roi!

Ainsi, tel qu'un antique mage,
L'art, vêtu de sa robe d'or,
Offre son magnifique hommage
A Jésus qui revit encor; –
Devant sa grandeur infinie
Accourt s'incliner le génie
Chargé des dons de l'Orient;
Voilà, comme deux rois d'Asie,
Portant l'or de la poésie,
Lamartine et Chateaubriand!

Comme en hiver les hirondelles,
Pour chercher de plus doux climats,
Couvrent les vagues de leurs ailes,
Tourbillonnent autour des mâts;
Pensée, amour, joie, espérance,
Rêve qui finit ou commence,
Emigrent en foule vers lui;
Aux parfums qui gonflent les voiles,
Au nombre, à l'éclat des étoiles,
L'on sent qu'un autre ciel a lui!

III.

Plus d'un adorateur de la science humaine
A senti dans son âme agoniser sa foi,
Et la science enfin, comme la Magdeleine,
A versé ses parfums sur les pieds de son Roi;
Plus sévère et plus sainte elle a dit : Anathème!
Au rire qui grimace aux lèvres d'Arouet,
Le démon de Ferney n'a plus de diadème,
    Et c'est lui qu'on a baffoué!

IV.

Si, comme la mer solennelle
Frémit au souffle du zéphir,

Toute l'Europe sent en elle
Un intime frisson courir;

Si la vieille forme barbare
A tout moment change d'aspect;
Si dans la mort plus d'un Lazare
Entr'ouvre son suaire infect:

C'est que sur la face du globe
Le souffle du Christ a volé,
Que dans le ciel a lui son aube
Et que sa parole a parlé;

Que les îles les plus lointaines
L'entendent passer sur les flots,
Monter dans toutes les haleines,
Résonner dans tous les échos.

Conquérant des intelligences,
Ses ennemis sont terrassés;

Sur tous les points des mers immenses
Il a ses postes avancés;

L'Afrique est surprise endormie,
Comme un lion dans ses déserts;
L'Amérique est sienne, et l'Asie
Est pressée entre ses deux mers.

Stamboul, du haut de la mosquée,
A vu le jour dans son ciel bleu,
Et la Barbarie est bloquée,
Comme dans un cercle de feu!

Angleterre laborieuse,
Fais partout des chemins de fer;
Jette des ponts sous l'onde, et creuse
Des canaux grands comme la mer!

A travers ces routes nouvelles,
Sur la nef aux ailes de feu,

Des caravanes immortelles
Porteront les trésors de Dieu!

Chaque heure, chaque instant amène la lumière
Qui de l'Ange du mal fait baisser la paupière!
Oh! lorsque chaque peuple, en son ciel attiédi,
Verra l'astre éternel monter à son midi,
La sainte vérité brillera d'elle-même,
Comme ces fleurs d'avril qu'aucune main ne sème;
Dans les cœurs, inondés de leur soleil commun,
L'ardente charité donnera son parfum,
Et toutes les vertus, ces diamants de l'âme,
Germeront par milliers des rayons de sa flamme,
Et l'homme, ange tombé dans l'abîme profond,
Remettra de sa main la couronne à son front;
Car le Christ a voulu, comme l'a dit l'Apôtre,
Que la gloire de l'un fût la gloire de l'autre.

O lumière du Christ, soleil mystérieux,
Ah! monte donc plus haut sous la voûte des cieux;

Dirige par pitié l'aveugle dans sa route,

Chasse de son esprit les ténèbres du doute;

Que le pauvre souffrant, mais rempli de ta foi,

Comme fit le lépreux lève les yeux vers toi;

      Donne la joie à nos familles,

      Avec le pain de tous les jours;

      De pudeur fais rougir nos filles,

      Donne-leur de chastes amours;

      Tempère l'ardente jeunesse,

      Dans son cœur mûris la sagesse

      Comme un fruit mûr avant son temps,

      Et dans l'hiver de la vieillesse

      Sème quelques fleurs du printemps!

      Donne la paix à qui t'adore,

      Donne au méchant le repentir,

      Et que ta flamme brille encore

      Dans l'œil de ceux qui vont mourir!

L'Expiation.

A M. J. N.....

≈✦≈

Τῶν προσδοκωμένων ἀγαθῶν ἡ
θλίψις ἄνθος ἐστιν. Διὰ τὸν καρ-
πὸν, τὸ ἄνθος δρεψώμεθα.

(Saint Grégoire de Nysse.)

≈✦≈

L'Expiation.

A M. J. N...., RECTEUR DE L'ACADÉMIE DE NIMES.

⊙

Sur son roc éternel sillonné par l'orage,
Prométhée est toujours enchaîné par les Dieux,
Et toujours un vautour s'acharnant avec rage
Boit le sang dans son cœur et les pleurs dans ses yeux;
Or quel est ce martyr, ce sublime coupable,

Ce Roi découronné, nu, souffrant, misérable,
Qui conquit des douleurs l'affreuse éternité?
Nos mains ont déchiré le voile de la fable
Et nous avons dessous trouvé l'humanité!

Entendez cette voix qui pleure
Dans l'attente du lendemain,
Et qui s'élève d'heure en heure
De la couche du genre humain!
Toujours quelque angoisse profonde,
Et la mort plane sur le monde,
Comme un oiseau de proie immonde
Autour d'un nid de passereaux;
Tantôt c'est Ninive ou Pergame,
Tyr, Gomorrhe ou sa sœur infâme
Qui se consume dans la flamme,
Ou qui s'engloutit sous les eaux!

Toujours le mal se renouvelle,
Quel cri dut jeter Pompeïa,

Quand dans la lave qui ruisselle
Son peuple endormi se noya !
Que de larmes lorsque la guerre
Promène au loin son cimeterre,
Et de mourants jonchant la terre
Dit aux rois vaincus : me voilà !
Ou que la famine homicide,
Devenant toujours plus avide,
Laisse comme une ruche vide
Les villes qu'elle désola !

Que de fois la peste fatale,
Sortant du gouffre de l'enfer,
Du souffle brûlant qu'elle exhale
Souilla la pureté de l'air !
Voilà qu'un monstre plus farouche,
Engendré dans la même couche,
Empoisonne sur notre bouche
Le souffle du vent attiédi ;
Trompant toute science humaine,
Indifférent, il se promène

Parmi les glaces de l'Ukraine,
Parmi les roses du Midi.

Le monstre quelques jours sommeille
Au branle assoupissant des mers,
Puis plus terrible il se réveille,
Mystérieux boa des airs;
De ses nœuds il ceint nos murailles,
Son venin brûle les entrailles,
Et des milliers de funérailles
Pavoisent les chemins de deuil;
Pour en peupler les cimetières,
Il prend les familles entières,
Et nos villes hier si fières
Ne sont plus qu'un vaste cercueil.

Les râles de tant d'agonies,
Les soupirs qu'arrache le mal
Sont donc une des harmonies
De notre monde social!

La justice n'a pas de trêve,
Rien ne peut émousser son glaive,
Jusqu'au jour, hélas! où s'achève
Le sacrifice d'ici-bas!
Sans le deuil de chaque demeure,
Sans cette voix qui toujours pleure
Et qui monte au ciel à toute heure
Le ciel ne se concevrait pas!

Puisque l'homme par la souffrance
Rêve quelque monde meilleur
Et que l'écho de l'espérance
Répond au cri de la douleur,
Puisque chaque cri fait partie
De l'universelle harmonie,
Misère humaine, sois bénie
Par toute âme et par tous les sens!
Car, dans ta flamme qui dévore,
L'âme humaine, trop inodore,
En divins parfums s'évapore,
Comme au feu les grains de l'encens!

A la Comète de Halley.

A la Comète de Halley.

∘⟨▒⟩∘

Salut, astre pareil à la nef vagabonde
Qui vient de sillonner les mers d'un autre monde,
Quel vent gonfle ta voile et dans l'immense éther
Sans crainte de sombrer te fait ainsi flotter?

Oh! quel poids de néant brise la voix de l'âme

Qui veut compter d'en bas ton sillage de flamme,

Dénombrer les soleils, ces ilots radieux

Que tu vois parsemés sur l'océan des cieux!

Dans ces champs sillonnés par ta course rapide,

N'as-tu pas effleuré le trône où Dieu réside?

N'as-tu pas entendu sur les vagues des airs

Quelques échos lointains des célestes concerts?

N'as-tu pas emporté dans les plis de ta robe

Quelque rare parfum qui dise à notre globe

Vers quel bord inconnu la vague t'a jeté?

Mais non! tu n'es qu'un point dans cette immensité;

Un anneau d'or tombé que dans la mer sereine

Le regard du plongeur ne découvre qu'à peine;

Une perle de feu que sur le sable d'or

Le flux du temps apporte et puis emporte encor;

Quelle que soit l'élipse en ta course décrite

Dans la sphère infinie elle semble petite!

O néant! ô grandeur! entre un double infini
L'homme n'aperçoit rien dans son miroir terni;
Dans ces deux océans il jette en vain la sonde,
Il interroge tout sans que rien lui réponde,
Et sa nuit l'épouvante, et, comme un ancien roi,
Dans son propre palais il marche plein d'effroi.

Solennel balancier d'une horloge céleste,
Il croit que ton retour marque une heure funeste!

A voir les mauvais jours que le temps fait germer,
La raison la plus haute oserait l'affirmer:
La mort étend son vol sur toutes les demeures;
Le glas couvre dans l'air la voix grave des heures,
Et cette mort n'est pas le plus grand de nos maux!
Le miroir d'Archimède est brisé par morceaux;
L'homme n'a plus, hélas! de lumière commune,
Et son œil qui se trouble en voit mille au lieu d'une;
Sur le sol politique où souffle l'ouragan
Nous voyons chaque jour s'allumer un volcan,
Et la main du pouvoir se consume à l'éteindre!

Globe d'un autre ciel, astre tu dois nous plaindre,

Si tu nous vois d'en haut, nous autres, si petits,

Perdre nos courts moments en haines de partis;

Car dans les champs de l'air, ton céleste hippodrome,

Vainement tu cours mieux que le coursier de l'homme,

Que le rouge boulet qui s'échappe en grondant,

Que la foudre du Ciel et que l'éclair ardent.

Lorsque tu reviendras à ce point de lumière

Comme un cheval fumant qui double la barrière,

La plupart, endormis du sommeil éternel,

Ne pourront saluer ton retour solennel!

Pareils à l'éphémère insecte que l'aurore

Aux bords de l'Hypanis en naissant voit éclore

Et qui, vieux dès le soir, raconte à ses enfants

Le lever du soleil dans les cieux triomphants,

Tous ceux qui reverront ton orbe prophétique

Parleront de ce jour comme d'un jour antique,

Et toi sous l'œil de Dieu tu n'auras fait qu'un pas

Comme la pointe d'or d'un immense compas!

Ah! cette idée est triste, et la lyre muette

Tomberait de regret des genoux du poëte;

Le front se voilerait d'une insigne pâleur,

Et le chant suspendu tarirait de douleur,

Sans ce divin instinct plus fort que la souffrance

Qui donne à la pensée une haute espérance,

Dit à notre néant : sois fier de l'avenir!

Quelque chose est en toi qui ne doit pas mourir,

Qui montera plus haut que ces astres sans nombre,

Diamants dont la nuit sème sa robe sombre,

Et, loin de la limite et des temps et des lieux,

Verra se dérouler tous les feuillets des cieux

Où l'ardente Comète, à nos regards si haute,

Du chant universel n'est qu'une seule note,

Qui pourrait s'effacer sur la page d'azur,

Sans que l'accord vibrât moins sublime ou moins pur:

Or, cette chose sainte et que je voulais dire,

Plus belle dans son ciel que tout ce qu'elle admire,

C'est ce souffle vivant n'animant qu'un roseau,

Mais plus harmonieux que le chant de l'oiseau!

Du concert, dont tu n'es qu'une note éclatante,

Ou joyeuse ou plaintive elle est la voix qui chante,

Et quand tu tomberais de ton bleu firmament,

Comme un bloc détaché du haut d'un monument,

Ecrasant de si haut l'homme qui te contemple,

Sa voix serait l'écho de la voûte du temple,

L'écho qui sonne mieux quand le temple est détruit

Et qu'il gît au désert solitaire et sans bruit!

Il est mort !

Il est Mort !

⟡

Il est mort! que le Ciel ait pitié de son être!
Ses jours furent mauvais autant qu'ils purent l'être;
Nul espoir ne fleurit dans son cœur mécréant;
Il marchait en aveugle à son tombeau béant;

Sa maison fut son temple et sa raison son prêtre
Qui pour unique Dieu se choisit le néant !

Il éteignit la foi comme une lampe vaine
Que le vent ou la bouche étouffe d'une haleine ;
Armé du seul miroir de la science humaine
Il voulait dans les cieux lire la vérité ;
Mais son regard perdu dans cette immensité
S'il se rapprochait plus avait moins de clarté.

Et quand il eut pâli sur cette page close,
Considéré l'effet sans supposer la cause ;
Quand de l'homme et de Dieu son âme eut fait le tour,
Sans éclairer sa lampe aux rayons du vrai jour,
Hélas ! un grand dégoût le prit sur toute chose,
Le doute dans son cœur avait tué l'amour !

Incomplet par le cœur comme par la pensée,
Il voulut vivre seul, ne vivre que pour lui ;

A vingt-cinq ans déjà sa vie était blasée,

Comme un arbre stérile il ne fit pas de fruit,

Aucune âme en passant ne s'était reposée

Près de ce tronc sans sève et rongé par l'ennui.

Et quand le bûcheron eut fauché sa racine,

Et ployé ce géant comme un faible roseau,

Son âme s'en alla, non pas comme l'oiseau

Qui chante son adieu quand la branche s'incline,

Mais comme le serpent dont le regard fascine,

Qui se glisse dans l'ombre et qui vit du tombeau.

Et voilà son cadavre étendu dans sa tombe,

Nulle voix n'y gémit, nulle larme n'y tombe

Que quelques gouttes d'eau du rocher qui surplombe ;

Son deuil par ses parents n'est porté qu'à demi,

Et son chien, ce fidèle et ce dernier ami,

N'a pas même pleuré son tyran endormi !

A M. de Lamennais.

A M. de Lamennais.

⧫

L'esprit est plein de trouble et le savoir plein d'ombre,
Plus on le voit de haut, plus le ciel paraît sombre!
Les milliers de soleils que nous voyons d'en bas
Se voileraient la face et ne paraîtraient pas

A l'aigle qui pourrait, puissant, mais téméraire,
Dépasser de trop loin la commune atmosphère ;
Ainsi Dieu répandit, pour tromper notre orgueil,
Sa vérité dans tous et non pas dans un seul. ·

Ce n'est pas un trésor que quelque passant trouve,
Un œuf qui pour éclore a besoin qu'on le couve,
Un astre qui, perdu dans les hauteurs du Ciel,
Pour apparaître à l'œil n'attend que son Herschell :
Mais c'est le Verbe saint qui parla dans le monde
Le jour où Dieu créa le Ciel, la terre et l'onde,
Et qui, faible parfois, mais toujours attendu,
Guida le genre humain dans son sentier perdu,
Jusqu'au jour où vivant, par un dernier miracle,
Dans la ville éternelle il fonda son oracle.

Peins-nous comme un tombeau cette grande cité,
Déplore éloquemment sa vieille majesté,
Va ! qu'importe après tout à l'église de Pierre
Que le temps désunisse ou moisisse sa pierre,

Si l'oracle éternel qu'on entendit partout
Sur son divin trépied reste toujours debout!
Toi-même as proclamé sa parole infaillible,
Avant qu'on eût ému ta colère inflexible,
Avant que ta raison eût fait mentir ta foi
Et crié fièrement : La vérité, c'est moi!

Toi-même as pris le soin de répondre : Anathème!
A l'esprit insensé qui s'adore lui-même,
A cet Ange du mal qui, tombé dans l'enfer,
En sort sous les cent noms de Zwingle, de Luther,
Sous le masque ridé de Rousseau, de Voltaire.

Ah! ne nous force pas de ramasser à terre
Et tourner contre toi les armes que ta main
Trempa si fortement contre l'orgueil humain...

Mais, apôtre zélé, tu ne voulais peut-être

Que hâter ici-bas le règne de ton maître,

Défendre les petits de la haine des grands,

Presser la liberté, combattre dans ses rangs,

Afin de rehausser et rendre populaire

Le Christ qui t'a semblé retrouver son Calvaire.

Mais tu n'as donc pas vu, toi qui vois de si loin,

Que ce n'est pas le seul, ni le premier besoin!

Que cette liberté, fille de l'Evangile,

N'a pas, dans notre siècle, une base d'argile,

Et l'ordre, ce premier besoin de tous les temps,

Na pour se soutenir que quelques arcs-boutants;

L'on craint à chaque pas qu'un vent de solfatare

N'entr'ouvre le terrain sous le pied qui s'égare;

Ce vertige nouveau qui trouble la raison

Semble avoir aujourd'hui passé dans la saison;

Un immense désordre est dans toutes les choses,

Avril est revenu sans ramener les roses,

Et le frileux oiseau, messager des beaux jours,

A trouvé de la neige au nid de ses amours!......

Attends donc pour rêver de ton rêve sublime
Que le sol crevassé ne craigne plus d'abîme !

Vois ! le monde moral craque sur son essieu ;
Tout pouvoir s'affaiblit, même celui de Dieu ;
Les gloires d'autrefois ont perdu leur prestige;
Les sages d'Israël sont frappés de vertige ;
Dans les champs que le fer du glaive laboura
On ne sait pas encor ce qu'on moissonnera !
Et tu veux cependant que Rome souveraine
Au cri de Spartacus descende dans l'arène,
Et que la croix du Christ, phare des nations,
Soit l'éternel drapeau des révolutions ?
Funeste aveuglement ! les princes de l'église
Ne poussent pas le char de peur qu'il ne se brise.
Va ! mieux que Childebrand ne le fit autrefois,
Le peuple a de nos jours humilié les rois.

Hélas ! on en a vu traînant dans la misère
Quelque reste de jours sur la terre étrangère ;

4

D'autres sont baffoués sur leurs ais vermoulus,

Comme des dieux menteurs à qui l'on ne croit plus.

Ah ! n'enfonce donc pas les couronnes fatales

Qui font couler le sang sur les tempes royales !

Si la royauté meurt était-ce donc à toi

De l'abreuver de fiel et d'attrister la foi !

Imitant bien plutôt Joseph d'Arimathie,

Il fallait l'embaumer des pleurs de ton génie ;

Car, du moins, elle laisse en entrant au tombeau

Ce qu'après la vertu la terre a de plus beau :

La gloire ! qui bien mieux dorerait ton front d'homme

Si tu voulais un jour revenir vers ta Rome !

Tu trouverais partout plus d'amour, et ton cœur

Goûterait cette paix qui manque à ton bonheur,

Ton esprit n'irait plus errant de doute en doute,

Comme le voyageur égaré dans sa route,

Comme le pauvre aveugle, armé de son bâton,

Qui dans des flots de jour ne marche qu'à taton.

Oh ! quand tu rentreras dans ta route première,

Un soleil bien plus beau baignera ta paupière,

Et plus de vérités étoileront ton ciel !

Adieu ! que le Seigneur ne verse que du miel
Dans ta coupe mortelle, et qu'il donne à ma bouche
La force qui convainc et la grâce qui touche !

Patience et Charité.

Patience et Charité.

C'est l'hiver triste et solitaire !
Adieu donc le matin vermeil,
Adieu le soir plein de mystère,
Adieu le jour plein de soleil !

Plus d'astres dans la nuit bénie,

Plus d'ombre verte dans le jour ;

Les voix restent sans harmonie,

Et les cœurs restent sans amour.

Mais qu'importe au riche si l'aube

Ne sème plus de fleurs aux champs,

Si l'azur du ciel se dérobe,

Et si l'oiseau n'a plus de chants !

Drapé dans sa robe de soie,

Et près de son âtre vermeil,

Des beaux jours il trouve la joie,

Et les chauds rayons du soleil.

Entre des colonnes superbes,

Dans des vases d'or éclatants,

Il voit s'épanouir en gerbes

Autant de roses qu'au printemps.

Pour lui le citronnier sauvage
Garde encore ses rameaux verts,
Et l'oiseau, captif dans sa cage,
Le berce de ses doux concerts.

De moissons ses granges sont pleines,
Il a des fruits délicieux,
Et le flot pur de ses fontaines
Se rougit du vin le plus vieux.

Pour lui l'hiver c'est, près de l'âtre,
La vie intime et l'amitié,
Ou le jeu, la danse folâtre
Foulant des tapis sous son pied;

C'est, dans le bruit de la tempête
Dont le dehors est agité,
Les arts qui lui font une fête
Plus magnifique que l'été.

Mais l'hiver pour le pauvre est la saison funeste,

C'est un souffle glacé tuant son feu céleste,

C'est sa lampe de nuit plus pâle à l'horizon,

C'est le deuil dans les bois dont l'ombre le protège,

C'est la mort étendant un froid linceul de neige

     Sur son tiède lit de gazon.

C'est l'atelier fermé, c'est la journée oisive

Qui fait la table vide et rend la faim plus vive

     Et le foyer plus froid;

L'hiver, c'est la misère avec le vice infâme,

L'une domptant son corps, l'autre tentant son âme,

     Qui viennent s'asseoir sous son toit!

Par quelle loi fatale, et qui nous semble impie,

Faut-il que l'un jouisse, hélas! et l'autre expie?

     O mystère profond!

Mais pour justifier la sainte providence,

Au sein de la fortune, au sein de l'indigence

     Deux belles vertus germeront :

Là, la charité sainte, ici, la patience,
Ces deux jumelles sœurs d'une égale beauté,
L'une sanctifiant les biens de l'opulence,
    L'autre, la pauvreté !

Riches, comme Booz, de vos gerbes divines
Laissez quelques épis, le pauvre glanera ;
Vos couronnes de fleurs souvent ont des épines,
    La charité les ôtera !

Et vous qui des deux parts des choses de la vie
N'avez eu que la peine et que les mauvais jours,
Souffrez patiemment et souffrez sans envie,
Qu'importe qu'au soleil la place soit ravie,
    Les soleils ici sont si courts !

Les Sources de la Poésie.

Les Sources de la Poésie.

L'art céleste a perdu sa splendeur souveraine,
Comme un vieillard poussif nous n'avons plus d'haleine ;
Nos mains bâtissent bien quelque étroit monument
Dont la pluie et les airs dissolvent le ciment,

Et la source des vers répand bien goutte à goutte

Quelque peu d'harmonie à l'âme qui l'écoute,

Mais qui rebâtira ces Babel de granit,

Où l'aigle peut à peine aventurer son nid?

Ces cirques solennels, ces vastes hippodromes

Où, sans se coudoyer, s'asseyaient cent mille hommes,

Ces vieux temples géants, faits de ciments si forts,

Qu'ils sont encor debout lorsque les dieux sont morts;

Et ces poèmes saints, sublimes monolithes,

Qui font paraître en bas nos gloires si petites?

La matière partout l'emporte sur l'esprit,

Et de nouveau Satan lutte contre le Christ!

       Adieu magnifiques symboles,

       Art divin, Poésie, adieu!

       Nous ne vivons plus des paroles

       Qui sortent des lèvres de Dieu;

       Nous n'élevons plus la paupière

       Au ciel d'où descend la lumière,

       Où l'âme doit prendre l'essor,

       Hélas! hélas! toute pensée

Penche vers la terre glacée,
Car la terre produit de l'or !

Et l'or est Dieu ! la vie humaine
N'a plus de mystère aujourd'hui ;
Prière, amour, travail et peine,
Toutes nos heures sont pour lui ;
C'est pour lui que notre âme est faite,
Que nous font les chants du poète,
Les œuvres de l'art indigent !
A la place de l'art antique,
N'avons-nous pas l'arithmétique
Et des bas-reliefs sur l'argent ?

Ainsi, le roi de la nature,
Brillant de force et de beauté,
Abdique la part la plus pure
De sa double immortalité !
C'est en vain que dans sa prunelle
Rayonne son âme immortelle,

5

Cette lyre aux divins accents;

Il détruit la sainte harmonie

Que Dieu, dans sa grâce infinie,

Mit entre l'esprit et les sens.

C'est en vain que du beau l'Eternel mit l'empreinte

Dans la création et dans la Bible sainte,

Ces deux livres divins, ces mondes radieux,

Dont l'un est fait pour l'âme et l'autre pour les yeux,

L'un fait pour le dehors et l'autre pour le temple,

Afin qu'à tout moment l'homme prie ou contemple;

L'homme n'aperçoit pas la céleste beauté;

Il compte les moissons que lui donne l'été,

Les fruits mûrs dont l'automne enrichit ses corbeilles,

Le foin de la prairie et ses grappes vermeilles :

Il ne voit dans les champs, prodiguant leur trésor,

Que sa grasse pâture et ce qu'il fera d'or.

Pour lui, produire est tout, et son âme glacée

Pèse au poids de l'argent la céleste pensée !

Ah! si l'art immortel, ce divin plagiat,

Doit un jour à nos yeux reprendre son éclat,

De feux, comme un soleil, inonder la paupière,
Ce sera par la foi, l'extase, la prière,
La contemplation de la terre et du Ciel,
Se mêlant comme un hymne au soin matériel !
Car l'art est un reflet, c'est un écho sonore
De tout ce qu'on entend, l'on voit ou l'on adore !....
C'est le souffle divin, le verbe intérieur
Qui pour se révéler se revêt de splendeur.

Lisons donc dans ce double livre,
La Bible et la création,
Ces sources où l'âme s'énivre
D'amour et d'inspiration :
L'homme, double de sa nature,
A besoin pour sa nourriture
Du pain qu'il mange chaque jour ;
Mais il faut à l'âme choisie
Un peu d'art et de poésie,
Beaucoup de prière et d'amour !

Si les lyres étaient muettes

Et les palettes sans couleur ;

Si l'homme abolissait les fêtes

Que l'esprit parfois donne au cœur ;

S'il niait le Dieu qui l'inspire,

Pauvre aveugle perdant la lyre

Qui le consolait dans sa nuit,

Il souffrirait d'un mal funeste !

Ce contempteur de l'art céleste

Serait dévoré par l'ennui !

Poésie de l'Evangile.

FRAGMENTS.

Poésie de l'Évangile.

FRAGMENTS DE SAINT MATHIEU.

⁂

. . . .

Faites-vous un trésor dont nul ne vous dépouille,
Que ne puisse ronger l'insecte ni la rouille ;
Gardez-vous de troubler la paix de votre esprit
Pour ce qui vous habille ou ce qui vous nourrit ;

Voyez, l'oiseau du ciel n'a pas semé la graine,
Il ne moissonne pas, sa grange n'est point pleine,
Cependant votre père en prend soin chaque jour;
Or, vous, n'êtes-vous pas plus cher à son amour?

Considérez le lis qui croît dans la vallée,
Sa parure par lui n'a pas été filée,
Cependant Salomon, dans toute sa grandeur,
Ne fut jamais vêtu comme l'est cette fleur!

Si Dieu revêt ainsi l'herbe de la prairie,
Qui fleurit le matin et le soir est flétrie,
Que sera-ce de vous, hommes de peu de foi?
Donc pour le lendemain cessez d'être en émoi.
Laissez, enfants de Dieu, cette prudence vaine
Qui pour d'indignes soins se condamne à la peine;
Votre père connaît les choses qu'il vous faut,
Cherchez donc la justice et les trésors d'En Haut,

. . . .

Et la foule pieuse, inondant le chemin,
S'efforçait de toucher sa robe de sa main,

. . . .

Car la vertu céleste embaumait sur ses traces,
A tous ceux qui souffraient il prodiguait les grâces.

Puis, tournant vers les siens ses regards : Bienheureux
Les pauvres, disait-il, car le Ciel est à eux !
Heureux ceux dont la bouche a faim et dont l'œil pleure :
Ils seront rassasiés, la joie aura son heure !
Heureux ceux qu'on méprise et qu'on hait pour moi seul !
Heureux ceux que l'oubli couvre comme un linceul !
Après les jours de deuil viendront les jours de fêtes,
Leurs pères ont de même outragé leurs prophètes.
Il faut, comme souvent ma bouche vous l'a dit,
Aimer celui qui hait, et bénir qui maudit.....
Donnez sans espérer qu'un jour on vous le rende,
Car votre récompense au Ciel en sera grande......

Par leurs fruits l'on connaît si les arbres sont bons,
La figue ne vient pas aux branches des buissons,
Et l'on ne cueille pas les grappes purpurines
Sur la ronce des champs, au milieu des épines......

Et, comme il approchait des murs de la cité,

Vers le champ du repos un mort était porté;

Hélas! c'était l'enfant unique de sa mère,

Cette femme était veuve, et sa douleur amère

Excitait la pitié, toute la ville en deuil

Autour d'elle marchait en suivant le cercueil;

Le Christ qui l'aperçut eut pitié de la mère :

« Ne pleurez pas, » dit-il, et, touchant le suaire:

« Jeune homme levez-vous, je vous dis ! » et voilà

Que l'enfant obéit et sa bouche parla.

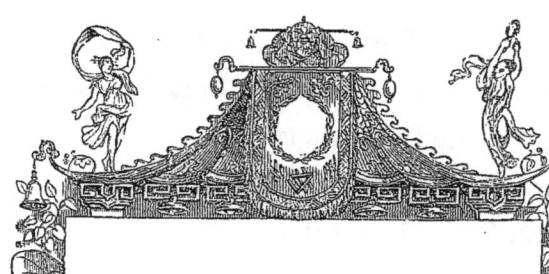

LIVRE SECOND.

Les Deux Mondes.

LIVRE SECOND

Les Deux Mondes.

Les Deux Mondes.

A M. V. HUGO.

❧

C'était au mois de mai, riante et fortunée,
La terre avait repris sa robe d'hyménée;
Du haut du firmament, son glorieux époux
L'inondait de parfums et de rayons plus doux;

Il prodiguait la sève à son sein qu'il féconde,
Et peuplait chaque fleur d'un invisible monde,
Et c'était vers le soir, quand le soleil couchant
Aux lieux qu'il va quitter donne un air plus touchant,
Et des bords de la couche où son orbe s'abaisse
Donne un dernier baiser à la terre qu'il laisse.

Un vieillard et sa fille à cette heure du soir,
L'un sur l'autre appuyé, tous deux vinrent s'asseoir
Sur le flanc d'un côteau qu'un vieux chêne couronne :
Scène antique et touchante ! on eût dit Antigone
Conduisant son vieux père au pied du Cythéron.
La vierge quelque temps suivit à l'horizon
L'astre plus solennel au bout de sa carrière ;
Puis, des larmes tombant de sa noire paupière :
Mon père, que vos yeux, dit-elle avec amour,
Ne peuvent-ils encor s'ouvrir à ce beau jour !

Aux bords de l'horizon l'astre du jour se penche,
Un nuage d'argent met une frange blanche

A la robe d'azur des cieux ;
L'ombre épaisse s'étend déjà sur la campagne,
Mais l'astre jette encor au front de la montagne
Un diadème radieux !

A nos pieds tout est grâce, amour, joie, harmonie ;
Notre blanche villa que le ciel a bénie
Se cache dans les rameaux verts,
Et des milliers d'oiseaux que cette heure rassemble
Sur les arbres en fleur volent s'abattre ensemble
Pour l'endormir dans leurs concerts.

La terre semble encore être à sa première aube :
Là, ruisselle un torrent et puis il se dérobe
Sous le feuillage du bouleau ;
Dans un lac immobile ici l'onde se jette,
Et le soleil mourant dont l'ombre s'y reflète
Semble du ciel tombé dans l'eau.

Tout vit heureux: brebis, génisses dans les plaines,
Papillons dans les airs, insectes et phalènes
     Dans le frais calice des fleurs;
Bienheureux qui jouit de la lumière pure,
Et qui n'a pas reçu du Dieu de la nature
     Des yeux que pour verser des pleurs!

Ma fille, j'ai compris tes pleurs dans ta parole,
Va, le Dieu qui nous frappe est le Dieu qui console!
De quoi puis-je me plaindre, ô jeune ange du Ciel,
Quand ta main dans ma coupe a versé tant de miel?
Ah! si je ne vois plus ce beau globe de flamme,
Le Seigneur a donné des regards à mon âme
Qui percent de la nuit le mystère profond;
Car, la pensée humaine est une mer sans fond,
Un monde dont beaucoup n'ont vu rien qu'une face,
Monde dont l'horizon sans cesse se déplace,
Et je puis à mon gré le peupler d'habitants,
Et semer dans son ciel mille astres éclatants,

Sans cesse reculer ses bornes infinies,

Moi-même me bercer de douces harmonies

Et me plonger sans fin dans tous ses océans

Pour chercher une perle en ses gouffres béants,

M'élever dans les airs comme un aigle sublime,

Contempler son soleil et planer sur l'abîme,

Changer à tout moment ses aspects radieux,

Et toucher d'un coup d'aile à tous les points des cieux.

Va ! j'ai vu plus de belles choses,

Dans ces immenses horizons,

Que tes beaux yeux n'ont vu de roses

S'épanouir sur les buissons !

Dans mes nocturnes insomnies,

J'ai vu de célestes génies

Me bercer de leurs harmonies,

Plus que tes yeux n'ont vu d'oiseaux,

A l'heure où le soir les rassemble,

Pour chanter et dormir ensemble,

Sur le platane et sur le tremble

S'abattre dans les verts rameaux !

Comme ces nombreuses étoiles

Qui paraissent quand le jour fuit,

Combien de vérités sans voiles

J'ai vu scintiller dans ma nuit !

Le Dieu qu'invoque ma prière

Semble n'avoir clos ma paupière

Que pour verser plus de lumière

Dans mon beau ciel intérieur,

Et pour que l'âme recueillie,

Comme l'oiseau de mélodie,

Dans la nuit sombre où l'on s'oublie

Soupire avec plus de douceur !

Mais, tandis qu'il parlait, la nuit était venue ;

La Vierge se leva, de bonheur toute émue,

Baisa son père au front ceint de longs cheveux blancs

Tous deux vers le foyer revinrent à pas lents,

Et remerciant Dieu de cette heure donnée,

Pour tant d'autres amère, et pour eux fortunée !

Le Rêve de la Jeune Fille.

Le Rêve de la Jeune Fille.

Oh! j'ai rêvé de belles choses!
Des perles blanches et des roses
Couronnaient mon front endormi,
Et devant mes paupières closes
Les ailes d'un ange ont frémi.

Sa face était belle et vermeille,
Sa robe au lis était pareille
Pour les parfums et la blancheur,
Et ses lèvres à mon oreille
Murmuraient le doux nom de sœur.

Donne-moi ma robe, ô ma bonne !
Je veux prier notre madone
A genoux sur le saint pavé,
Afin que le bon Dieu me donne
Tout le bonheur que j'ai rêvé.

Ainsi, dans sa joie éphémère,
Parlait une enfant à sa mère,
Debout au chevet de son lit,
Et, pleine d'une crainte amère,
La pauvre mère tressaillit.

Quelques jours après, mort cruelle !
Son rêve s'était accompli :
Elle dormait dans la chapelle,
La rose blanche et l'immortelle
S'enlaçaient sur son front pâli !

Des perles d'argent sur la moire
Inondaient la tenture noire,
Comme des pleurs tombés des yeux;
Et sans doute un ange de gloire
Emporta sa jeune âme aux Cieux !

A Clarisse.

A Clarisse.

※

Non, tu n'as pas connu les faux plaisirs du monde,
Cygne qui ne te plais qu'en de limpides eaux;
Non, tu n'as pas quitté pour une boue immonde
Ton bassin d'onde pure et ton nid de roseaux !

Mon ange ! tu n'as pas des faiblesses de femme ;
Tu te caches dans l'ombre où tu pourrais briller,
Et gardes pour moi seul les parfums de ton âme,
Et tes moments si courts pour les soins du foyer.

Pour toi le monde entier c'est ta jeune famille,
Douce création dont le Ciel m'a fait roi,
Et le chœur qu'elle forme est l'unique quadrille
Dont la danse folâtre ait des charmes pour toi !

Et dans ces tristes jours où l'orage à toute heure
Gronde, où comme une mer le monde est agité,
Tu m'as fait de mon toit une calme demeure,
Un nid, comme au printemps, sous les fleurs abrité.

Toi, tu l'emplis d'amour, et ma voix, d'harmonie,
Nous enivrant ainsi de ce qui fait le Ciel,
Et demandant à Dieu, sous notre ombre bénie,
A chaque jour sa joie et sa goutte de miel.

Vivons toujours ainsi, laisse les autres femmes

De leur belle jeunesse éparpiller la fleur,

Aux voluptés des sens abandonner leurs âmes :

Elles ont les plaisirs, toi seule as le bonheur !

L'Ange Gardien.

A MADEMOISELLE AGLAÉ PLAGNIOL.

L'Ange Gardien.

A MADEMOISELLE AGLAÉ PLAGNIOL.

Tout ce que l'œil voit sur la terre
De plus doux et de gracieux
A, je ne sais pour quel mystère,
Une harmonie intime et chère
Avec quelque chose des cieux.

La fleur odorante et modeste,
Qui s'épanouit et qui reste
Sur son trône vert de gazon,
A son frère ou sa sœur céleste,
Ou l'abeille ou le papillon.

Ainsi, lorsqu'une âme nouvelle
Eclot sous le soleil commun,
Un ange déployant son aile,
Du haut du Ciel s'abat vers elle
Pour en aspirer le parfum.

C'est le frère de l'âme humaine,
Pour porter sa joie ou sa peine
Chaque âme ici-bas a le sien ;
Au Ciel c'est lui qui la ramène :
Il s'appelle l'Ange Gardien.

Il veille sur nous à toute heure,
Il est l'œil qui guide nos pas,
L'ami caché de la demeure ;
Quand nous faisons le mal, il pleure :
Enfant, ne l'affligez donc pas.

Marchez à l'ombre de son aile ;
Gardez dans votre âme fidèle
Ce que votre mère a jeté
De vertu céleste, plus belle
Que la grâce et que la beauté !

Des parfums de chaque corolle,
Action, pensée ou parole,
Cet ange compose son miel,
Et puis, tout joyeux, il s'envole
Avec son trésor vers le Ciel.

C'est là le seul trésor qui reste,
Trésor que votre âme modeste
Auprès de Dieu retrouvera,
Quand avec son frère céleste
Au Ciel elle retournera.

Le Sommeil de l'Enfance.

A GABRIEL ALIX.

Le Sommeil de l'Enfance.

A GABRIEL ALIX.

Heureux le jeune enfant, des cieux nouveau-venu,
Il s'en souvient encore et n'a jamais connu
    Les peines de la vie amère ;
Sans cesse il se nourrit d'un lait délicieux,
Ou, mollement bercé d'un chant mélodieux,
    Il s'endort au sein de sa mère !

Ses yeux par le sommeil sont-ils fermés au jour,
On l'entoure aussitôt de silence et d'amour;
　　　Son berceau semble une corbeille :
On prendrait l'innocent pour une rose en fleur,
Et souvent vers sa lèvre à la suave odeur
　　　On a vu bourdonner l'abeille.

Mais nul ne peut vous voir, songes mystérieux,
Sylphes aux ailes d'or qui descendez des cieux,
　　　Images douces et légères ;
Anges qui murmurez autour de son berceau,
Comme un souffle odorant ou le chant d'un oiseau
　　　Autour des branches bocagères !

Avec vous, rêves d'or, mystères du sommeil,
Les mille objets si doux qui charment son réveil,
　　　Devant ses yeux passent en foule :
Ce sont tous les baisers d'un père bien-aimé,
Les souris de sa mère et son lait parfumé,
　　　Et les tapis de fleurs qu'il foule ;

Ce sont tous les joujoux achetés ou promis,
C'est le cheval de bois à ses ordres soumis,
    Qu'il conduit par une ficelle ;
Ses châteaux de cartons pour ses deux mains trop lourds,
Et sa grande poupée en robe de velours,
    Qui de paillettes étincelle.

Ou de rêves plus beaux peut-être est-il bercé :
Il croit revoir encor le Ciel qu'il a laissé,
    Pauvre ange exilé sur la terre ;
Un souffle toujours pur anime ce roseau,
Il a de doux accords peut-être, et le berceau
    Comme la tombe a son mystère.

Mais, hélas ! le sommeil dans le berceau si pur
A des pavots amers souvent pour l'homme mûr,
    Et bien des larmes qu'on ignore :
Le fleuve de nos ans se trouble dans son cours,
Nous ne cueillons des fleurs que dans nos premiers jours,
    Notre Ciel n'est pur qu'à l'aurore !

Enfant, quand le sommeil a fermé tes beaux yeux,

Veux-tu que le Seigneur les ouvre pour les cieux,

  Et donne à ton âme des ailes?

Gardes que le péché ne se glisse en ton cœur,

Comme le lézard vert ou le serpent trompeur

  Dans le nid de tes hirondelles!

Le Lac.

Le Lac.

⊰❀⊱

O lac! où je m'assieds le soir,
Tu dors en paix dans ton lit d'herbes,
Sans savoir que les cieux superbes
Se reflètent dans ton miroir.

L'oiseau chante sur ton rivage,
L'air de tes bords est toujours pur,
Et jamais aucun vent d'orage
Ne soulève ton flot d'azur.

Comme toi l'innocence est belle :
Réflétant dans son sein la lumière éternelle
Et son ciel étoilé de mille vérités,
  Elle poursuit en paix sa route,
  Et jamais par le vent du doute
  Ses jours ne passent agités.

Une voix en elle soupire
Plus d'un hymne mystérieux,
Et l'air qui parfume les cieux
Déjà son âme le respire !

Le Buisson.

Le Buisson.

❖〰❖

Il est au pied de nos collines
Un buisson hérissé d'épines
Que la dent du chevreau meurtrit;
Nul ruisseau ne le désaltère,
Et sous sa feuille solitaire
Aucun oiseau ne fait son nid.

Jamais, dans la saison nouvelle,
On ne vit la vierge fidèle
Y donner rendez-vous le soir,
Et jamais sous son tiède ombrage
Le passant, lassé du voyage,
Aux jours d'été ne vint s'asseoir.

Le premier souffle de l'automne
Flétrit sa modeste couronne,
Et lorsque l'hiver est venu,
Contre la gelée et la neige
Aucune feuille ne protége
Son bois sombre, épineux et nu.

Mais quand la terre est désolée,
Quand nulle fleur dans la vallée
N'élève son calice d'or,
Parfumant l'obscure retraite,
Une modeste violette
Y cache aux yeux son doux trésor.

Tel le poète solitaire
Dont le cœur nous cache un mystère,
Ici-bas languit ignoré;
Mais la divine poésie
Dans son âme qu'elle a choisie
Exhale son parfum sacré.

Fleur précieuse, elle parfume
Le cœur inconnu que consume
Le regret renaissant toujours,
Celui que flétrit la souffrance,
Celui que trompa l'espérance,
Celui qui pleure ses amours;

Celui que jamais une mère,
Comme Virgile ou comme Homère,
Ne caressa dans son berceau,
Et qui du Dieu de l'harmonie
Ne reçut avec le génie
Rien qu'une flûte de roseau!

Le Retour.

Le Retour.

⊷❈⊷

L'âme, après une longue absence,
Revoit avec transport les lieux de son printemps,
Car elle trouve en même temps
Le souvenir et l'espérance !

J'arrivai le matin ! mon cœur en ce moment,
Intime balancier, battait plus fortement :
Car dans l'air tout rempli d'une rumeur de fête
De mon clocher natal j'apercevais le faîte,
Et j'entendais sonner l'horloge dont la voix
Me semblait un écho des heures d'autrefois.

Le doux vent qui venait m'apportait par rafale
Les parfums enivrants que la patrie exhale,
Comme un céleste arome, et mon cœur en émoi
Voyait tout mon passé se dresser devant moi.

Je me disais : Après plus de neuf ans d'absence
Je vais enfin revoir tous mes amis d'enfance,
Recueillir un à un, comme des fleurs aux champs,
Tant de doux souvenirs, tant de rêves touchants
Semés sur tous ces bords dans des heures bénies,
Qui laissent dans nos cœurs de vagues harmonies ;
Plus d'un des grands ormeaux qui bordent le chemin
Portait encore un nom qu'avait gravé ma main ;

C'était des deux côtés les mêmes aubépines
Où les oiseaux de Dieu viennent chanter matines ;
Au bord des mêmes eaux dont j'aimais la fraîcheur
Dormait comme autrefois la barque du pêcheur,
Et le cygne nageait, et la noire hirondelle
Effleurait le flot vert des plumes de son aile.

Mais un nom par la main sur l'écorce gravé,
Sur les bords du sentier un buisson élevé,
Un arbuste où l'oiseau vient chanter solitaire ,
Fleurissent plus longtemps, ô mon Dieu, sur la terre
Que les amis absents que nous avons connus,
Et que l'œil cherche en vain quand nous sommes venus.

L'on ne peut faire un pas et s'absenter une heure
Sans trouver au retour quelque vide demeure,
Une place au soleil où ne vient plus s'asseoir
L'hôte que l'on avait la coutume d'y voir ;
Alors le souvenir, naguère plein de charmes,
Prend son voile de deuil et le mouille de larmes !

Ainsi lorsque je vins au foyer paternel,

Et que pour célébrer mon retour solennel

Je voulus rassembler autour quelques convives,

Et rendre notre joie et l'amitié plus vives,

Plus d'un depuis longtemps dans la tombe endormi

Resta sourd à l'appel de la voix d'un ami;

Et lorsque je portais mon ardente pensée

Vers quelque souvenir d'une scène passée,

Et que je demandais avec un vif transport

Quelque nom fraternel, on me répondait: Mort!

Puis des amis présents la voix resta muette,

Les souvenirs de deuil avaient troublé la fête.

Et dans la ville errant je me crus étranger,

Tant l'absence à l'entour avait tout fait changer :

De l'enceinte isolée où j'allais à l'école

Le maire et l'architecte avaient fait une geôle ;

Pour agrandir la rue et démasquer à l'œil,

On avait démoli le toit de mon aïeul,

Et de son beau jardin où nous volions des pommes,

On avait fait la halle où flanaient quelques hommes :

Et moi, qui ne venais que pour faire en mon cœur
Remonter quelques jours la sève du bonheur,
Revoir les compagnons de mes fêtes passées,
Je m'en revins, le cœur plein d'amères pensées,
Les yeux remplis de pleurs, hélas! et convaincu
Que la terre est un cirque où la mort a vaincu,
L'âme, un vase profond dont plus d'une fêlure
Laisse échapper le vin de la joie, à mesure
Que le monde l'y verse, ou, s'il n'a pas tari,
La lèvre qui le goûte après le trouve aigri.

Voyageurs, nous laissons loin de notre patrie
Quelque chose de nous dans chaque hotellerie ;
Nous semons, en allant, l'espérance et l'amour,
Pour moissonner, hélas! le regret au retour.

La Jeune Fille mourant

AU PRINTEMPS.

La Jeune Fille mourant

AU PRINTEMPS.

❦

Avril est de retour, tout renaît dans les champs,
De gazons émaillés la rive se décore ;
Sur les rameaux en fleurs, humides de l'aurore,
    L'oiseau recommence ses chants,
    Oh ! je veux l'écouter encore !

Pour les yeux d'un mourant le soleil est trop beau !

Pour aimer les cyprès trop d'arbres reverdissent,

Comme l'arbre, ô mon Dieu! que mes jours refleurissent;

     Est-ce pour orner mon tombeau

     Que les roses s'épanouissent !

Est-ce pour m'endormir de mon dernier sommeil

Que la brise a repris son suave murmure,

Que le ruisseau gémit, que frôle la verdure,

     Et que tout chante le réveil

     De la belle et douce nature?

Je veux mêler ma voix à cet hymne nouveau,

Je veux mêler mes chants à ce qui vous adore,

Je ne veux pas mourir! ma voix fraîche et sonore

     Plaît mieux que la voix de l'oiseau

     Qui chante l'hymne de l'aurore.

Eloignez de mes yeux l'image du cercueil,

A mes regards mourants que l'espérance brille,

Ma mère pour aimer a besoin de sa fille;

    Elle m'appelle avec orgueil

    L'ange gardien de la famille !

Dans son dernier combat, Dieu lui montra les cieux,

Et des choses d'En-Haut elle vit le mystère :

Sur sa bouche aussitôt tarit la plainte amère,

    Son sourire fut gracieux,

    Et son âme quitta la terre !

C'est là qu'est le Bonheur.

A M. SIBOUR,

MEMBRE DU CONSEIL GÉNÉRAL DU GARD.

C'est là qu'est le Bonheur.

A M. SIBOUR.

Souvent je me suis dit, de tristesse abattu :
Bonheur, divin dictame, en quel lieu fleuris-tu ?
Car beaucoup t'ont cherché dans ce désert aride,
Et tous sont revenus tristes et la main vide :

Ainsi que le plongeur qui dans les flots amers
S'enfonçant pour trouver quelques perles des mers,
Et ne rapportant rien que d'horribles nausées
Ou les algues du fond d'amertume arrosées,
Sur le sable du bord vient s'asseoir et rêver,
Las de plonger toujours et de ne rien trouver.

Bonheur, oiseau chantant à de si rares heures,
Tu ne te poses pas sur les riches demeures :
C'est sous un humble toit que le Ciel a béni
Que de champêtres fleurs tu te bâtis un nid,
Pareil au passereau solitaire et fidèle
Qui sur le toit du pauvre aime à poser son aile.

Il est un frais vallon que sous un ciel d'azur
Arrose mollement un ruisseau toujours pur ;
Sur la double colline, un bois au vert feuillage
Sur le sentier étroit étend son double ombrage,
Des fleurs couvrent le sol et des milliers d'oiseaux
Suspendent, en avril, leurs nids aux arbrisseaux ;

Le chasseur ou l'enfant qui vient dans les charmilles
De ces hôtes si doux respectent les familles,
Car ce serait pitié que la main y ravit
Ou la fleur qui parfume ou l'oiseau qui gémit.

Le sentier qui serpente autour de la vallée
Montre une maison blanche, inconnue, isolée;
Son toit d'ardoise brille aux rayons du soleil,
Et le pigeon ramier, au plumage vermeil,
Comme vers son domaine y vole et s'y repose;
Le seuil est tapissé d'un seul buisson de rose,
Et la vigne flexible et le sombre figuier
Jusqu'au milieu du mur montent en espalier,
Et de leurs frais rameaux la couleur monotone
Ombrage, comme un voile, une sainte madone
Où plus d'une main pure aime à suspendre en don
Les premiers épis d'or mûrs avant la moisson.

Auprès et sur la mousse, une source d'eau pure
Jaillit et remplit l'air d'un suave murmure;

Et l'âme en respirant le charme de ce lieu
Aime à s'y rencontrer seule à seul avec Dieu.

Or sous ce toit modeste et que mon âme pleure
Une sainte famille a placé sa demeure ;
Elle y nourrit son corps du blé qu'elle a cueilli,
Et son âme, de paix, d'espérance et d'oubli.

D'une part de son pain elle fait une offrande
A l'ermite qui passe, au pauvre qui demande,
A l'étranger qui vient au seuil hospitalier
S'asseoir un jour ou deux avec elle au foyer.

Un père jeune encore, une mère, une fille,
Avec un jeune fils composent la famille ;
Ils partagent entre eux les soins et les labeurs :
La fille a le doux soin de verser l'onde aux fleurs,
De cueillir les fruits mûrs sur la branche qui tombe
Ou de semer la graine à la blanche colombe ;

Et la blanche colombe et l'odorante fleur
Sont, pour qui la connaît, moins pures que son cœur;
Car sa mère a pris soin qu'aucune haleine immonde
Ne flétrit sa jeune âme éclose loin du monde,
Et lui fait respirer dans ce paisible lieu
L'air parfumé du Ciel qui n'appartient qu'à Dieu.

Le frère aux doux zéphirs livrant sa tête blonde,
Conduit parmi le thym la chèvre vagabonde;
Jeune enfant aux pieds nus et joyeux à ravir,
Comme elle sur le roc il se plaît à gravir:
Il aime à se suspendre à la branche légère,
A parer son front pur de la fleur bocagère,
Et l'on croirait en lui voir un de ces amours
Que la Grèce au tombeau rêvait dans ses beaux jours.

Dans ces jeunes enfants tout est joie, innocence,
Et leurs heureux parents ont mis leur espérance
Sur ces frêles roseaux qui sont dans le chemin,
Le guide de leurs pas et l'appui de leur main.

Le cri des passions et le bruit de la ville
Ne viennent pas troubler la paix de cet asile;
Il est en tout semblable à cette île des mers
Qui, tandis qu'à l'entour grondent les flots amers,
S'enivre des parfums de ses douces savanes
Ou s'endort mollement à l'ombre des platanes,
Parmi les chants d'amour du bengali vermeil
Qui semble la bercer dans son calme sommeil.

Le Seigneur est connu dans ce lieu solitaire,
Car son nom est encore un bien héréditaire;
Ils ont des mots d'amour pour toutes ses bontés,
Des chants mélodieux, par l'écho répétés,
Qui montent vers le Dieu, père de toutes choses,
Avec le doux parfum qui s'exhale des roses;
C'est Dieu qui met la paix et la joie en leur cœur,
Et qui nous dit à tous : C'EST LA QU'EST LE BONHEUR !

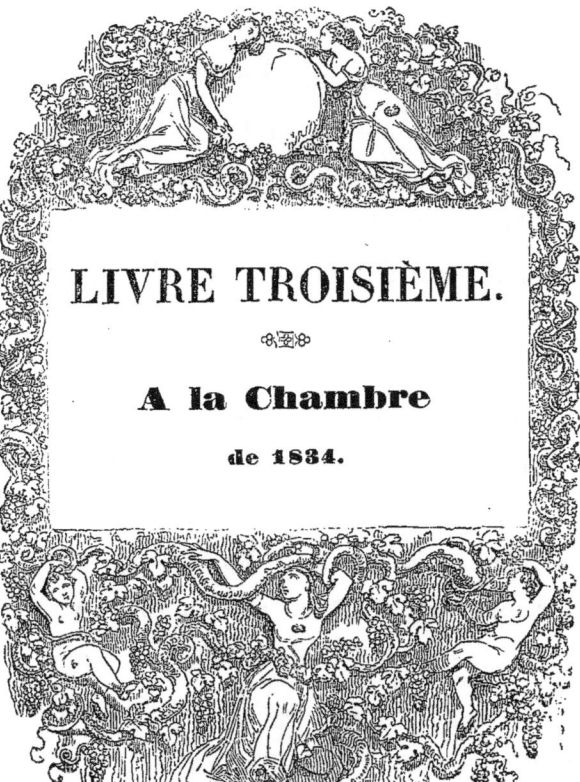

LIVRE TROISIÈME.

A la Chambre

de 1834.

A la Chambre de 1834.

⊰⧽⊱

O nos jeunes tribuns, fils d'une nouvelle ère,
Vous dont les noms sont beaux de l'amour populaire,
Hommes de qui la vie encore à son printemps
Ne s'est pas façonnée au joug de tous les temps!

Et vous, vieillards inscrits dans notre grande histoire,

Mais qui des temps passés n'apportez que la gloire ;

Vous, hommes d'avenir, et que nous aimons tous,

Salut ! jeunes ou vieux la France espère en vous.

Dans le contact récent de la foule agitée

Vous aurez recouvré vos forces comme Antée,

Et vous dédaignerez ces luttes de partis

Qui font la haine grande et les hommes petits ,

Changent l'élu du peuple en homme de cabale,

Et la sainte tribune en tréteaux de la halle.

Que le rostre public où vous allez grandir

Soit le mont Sinaï des lois de l'avenir,

L'Horeb d'où tomberont ces sublimes paroles,

D'un univers nouveau politiques symboles,

Qui marquent le progrès lent de la liberté ,

Et vers son Chanaan poussent l'humanité !

Ah ! de toutes ses sœurs la France est la première

Qui vers son horizon entrevit la lumière

D'un jour nouveau, sacré , solennel, radieux,

Monter avec la croix vers la voûte des cieux ;

Sa bouche a respiré le souffle de la brise

Tout chargé des parfums de la terre promise,

Où la pensée, encore esclave de la chair,

Libre, prendra son vol comme un oiseau dans l'air;

Où l'on ne verra plus une fiscale empreinte

Marquer comme un forçat la feuille blanche et sainte

Qui de l'art immortel enseigne la beauté,

Donne à tous ses trésors la popularité,

Dans le corps social fait couler la pensée,

Et tombe chaque jour ainsi que la rosée;

Où les enfants pourront, sans payer de rançon,

Ouvrir leur œil avide au jour de la raison,

Les âmes recevoir le pain de la parole,

La manne du désert qui nourrit et console,

Comme l'air que la bouche aspire librement,

Comme le tiède jour qui pleut du firmament,

Et les hommes se voir et s'assembler en frères

Pour étancher leur soif, consoler leurs misères,

Mettre en commun leurs vœux, leur prière, leur foi,

Sans compter si leur nombre a dépassé la loi;

Où le fisc odieux qui de nos pleurs s'abreuve

Ne demandera plus le denier de la veuve,

Les épis que la mère a glanés dans les champs
Pour reposer sa tête et nourrir ses enfants ;
La laine des brebis qu'un père de famille
Fit tisser pour vêtir la pudeur de sa fille ;
Où le pauvre pourra puiser l'eau de la mer
Pour pétrir son pain noir et pourtant moins amer ;
Terre féconde et libre où nul ne pourra dire :
Sois captif et privé de l'air pur que j'aspire ;
Dire à l'intelligence en son ciel trop étroit :
Puisque tu n'as point d'or, tu n'auras point de droit !

Et cent mille vaisseaux sur l'Océan immense
Vogueront librement pour porter l'abondance,
Comme les passereaux qui portent vers leurs nids
Les grains que le Seigneur dans nos champs a bénis.

Et l'on n'entendra plus comme une ardente meute,
Passer et repasser les cent cris de l'émeute ;
Car l'ordre social naîtra dans la cité
Du bonheur domestique et de la liberté !

Et quand ces trois objets de l'humaine espérance
Seront du sein de Dieu descendus sur la France,
Ils descendront encore, et d'autres, à leur tour,
Quoique moins hauts que nous, verront poindre le jour,
Et l'amour unira les nations entre elles,
Soumises librement à des lois éternelles :
La science et la foi, ces deux filles de Dieu,
Comme deux purs rayons brilleront en tout lieu,
Et le poète plein d'accords, comme un prophète,
Chantera dans sa joie une éternelle fête.
Roi, sénat et tribuns, trinité du pouvoir,
Hâtez ces jours divins que rêve notre espoir !
Comme Israël errant dans sa plaine brûlante,
Quarante ans de douleurs ont lassé notre attente ;
Vous, nos nouveaux élus, que nous voulons aimer,
Comme un feu mal éteint venez la ranimer ;
Elevez, élevez la tribune de France
Aux grandes questions de publique espérance !
Que la cause du peuple entre enfin dans nos lois !
Vingt millions d'échos répondront à vos voix,
Et renouvelleront les triomphes antiques
Lorsque vous reviendrez vers vos toits domestiques !

10

A un Italien réfugié.

A un Italien réfugié.

Il est vrai, cher ami, qu'à voir ton Italie
On dirait que la mort a fermé ses beaux yeux;
Mais, comme Juliette, elle n'est qu'endormie
Au milieu des tombeaux de ses nobles aïeux.

Son cœur bat et parfois à l'oreille ravie
Sa bouche exhale encore un souffle harmonieux ;
Elle ne peut mourir, elle qui fut choisie
Pour hôtesse autrefois de la gloire et des dieux.

Il ne faut, pour r'ouvrir ses paupières divines,
Qu'un doux rayon du Ciel tombé sur ses ruines,
Qu'un son de voix ami par l'écho répété ;

Le cri d'un Roméo que la vague ramène
Au rivage natal d'où le bannit la haine,
Rapportant son amour avec la liberté !

Napoléon.

Napoléon.

⊛⟨▨⟩⊛

Les poètes divins, payens mélodieux,
Des fléaux de la terre ont fait des demi-dieux,
Ont dressé des autels aux Tamerlan antiques,
Et brûlé pour eux seuls les parfums poétiques;

Mais jamais l'on ne vit le peuple adulateur
Tant prodiguer d'encens que pour son empereur !
Son image est partout, sur toutes les murailles
Rayonne le tableau d'une de ses batailles,
Près du foyer du pauvre il pend enluminé
Sur un large papier que le temps a fané :
Voyez ! c'est Bonaparte avec sa chevelure
Retombant platement sur sa maigre figure ;
Officier de vingt ans, au siége de Toulon,
Sur le fort Gibraltar il pointe le canon,
Ou, des Alpes vainqueur et debout sur le faîte,
Il montre à ses soldats leur prochaine conquête :
Ici, c'est le Thabor et là, c'est Aboukir,
Les brillants Mamelucks autour du jeune émir :
Austerlitz, Ulm, Wagram, tous les noms de victoire
Constellant sa colonne et le ciel de l'histoire.

Le soir, lorsque le gaz captif dans le cristal
D'une douce lumière éclaire le Wauxhall,
Le chanteur vagabond, ceint d'une rouge écharpe,
Comme dans les vieux jours le chante sur la harpe,

Et l'on parle d'aller à travers tous les flots
Aux vers de son cercueil redemander ses os,
Pour que la liberté, saintement oublieuse,
Protége le héros de son ombre pieuse !

Il sera beau de voir les modernes Brutus
De César au tombeau célébrer les vertus ;
Placer à ses côtés la liberté, leur mère ;
Le couronner de fleurs dans le mois de brumaire,
Et convoquer autour, afin de le bénir,
L'intelligence et l'art, ces rois de l'avenir !
Lui qui, pendant quinze ans, triomphateur farouche,
Fit de leur sceptre d'or un bâillon pour leur bouche !

O colonne d'airain, cénotaphe géant,
Elève jusqu'au Ciel la pompe du néant !
Comme aux vieux Pharaons, dont il vit l'urne vide,
Il faut à l'empereur sa grande pyramide.

Ah ! ces grands monuments faits par la vanité,
Les uns dans le désert, l'autre dans la cité,
Les uns avec des sphinx couverts de mousses vertes,
L'autre avec ses aiglons aux deux ailes ouvertes ;
Celui-ci fait de bronze, et ceux-là de granit,
Où la cigogne à peine ose poser son nid,
Coûtent également à leurs siècles esclaves :
Là, la sueur du peuple ; ici, le sang des braves !
Et nous n'avons d'amour que pour ces monuments,
Et pour ceux qui les font avec de tels ciments ;
Nous oublions les noms des rois de qui l'épée
N'a pas avec du sang tracé quelque épopée !

Car, aller en bandit joncher tous les chemins,
Et de débris d'armure et de lambeaux humains,
Jeter sur tout cercueil une pourpre éclatante,
Faire un camp de l'Europe et du trône une tente ;
Comme aux bœufs patients qui creusent leurs sillons
Suspendre un joug de fer au col des nations,
Tracer avec le sabre un cercle à la pensée,
Hasarder dans l'enjeu la patrie oppressée,

La perdre et n'oser pas, aux yeux de ses héros,
Comme fit Romulus disparaître à propos,
Pour étaler après sur un roc solitaire
Son cadavre vivant au vautour d'Angleterre,
Et morose soldat, ennuyeux prisonnier,
Demander pour l'été de l'ombre à son geolier,
Pardonnez, ô vertu ! voilà ce que l'histoire,
Dans ce siècle menteur, ose appeler la gloire !

Ainsi, ce diadème, aux célestes rayons,
Que Dieu fit seulement pour couronner les bons,
Souvent nous le posons au front des mauvais anges
Précipités du sein des divines phalanges,
Et n'emportant du Ciel, dans leur rébellion,
Qu'un génie étonnant et leur ambition.

L'Irlande.

L'Irlande.

⚜

O Seigneur! comme l'hirondelle
Qui traverse les flots amers,
Et ne sait où poser son aile
Sur l'abîme immense des mers ;

Comme le passereau timide
Qui le soir trouve son nid vide
Et se lamente sur nos toits ;
Comme la gazelle lassée
Que le plomb mortel a blessée,
Tout un peuple a crié vers toi.

Dans une île grande et fertile
Qu'on dirait un vaste jardin ,
Comme un ami choisi sur mille
Tu l'avais placé de ta main ;
Tu répandis à deux mains pleines
Les paturages dans ses plaines
Et de doux rayons dans son ciel,
Et l'Océan semble autour d'elle
L'onde limpide qui ruisselle
Autour d'une ruche de miel.

Or, cet Eden de l'Atlantique
Où l'homme n'a pas trahi Dieu,

Où la foi vit naïve, antique,

Quand elle s'éteint en tout lieu ;

Cette terre toute divine,

Chaste et pauvre, quoique voisine

Des Babylones et des Tyrs,

C'est Erin, l'île solitaire,

Le vaste cirque d'Angleterre,

Où les chrétiens meurent martyrs.

Si les branches échevelées

Pendent sur le flanc des coteaux,

Si dans les herbes des vallées

Paissent d'innombrables troupeaux ;

Si la moisson est verte ou blonde,

Si les vaisseaux volent sur l'onde,

Si les oiseaux volent dans l'air :

C'est pour quelques lords d'Angleterre

Que sont ces trésors de la terre,

Que sont ces trésors de la mer !

Mais le peuple, dans sa misère,

Garde encore un sublime espoir :

Ouvrez le lieu de la prière

Pour qu'il vienne y prier le soir ;

S'il n'a rien des choses du monde,

Pour charmer sa douleur profonde

Laissez son temple et son foyer ;

C'est là son unique fortune :

Deux tentes dans le désert, l'une

Pour aimer, l'autre pour prier.

Hélas ! dans cette terre sainte,

Combien qui n'ont point de foyer,

Qui n'ont pas d'écho de leur plainte

Et point de temple pour prier !

Le schisme monte dans leurs chaires,

Des tombes où dorment les pères

Bannit la cendre de l'enfant,

Et la politique inhumaine

Dit à l'homme : vis pour la peine,

Et meurs sous le chaume étouffant.

Dieu ! c'est ton peuple qu'on oppresse !

Choisis un homme dans son sein ;

Sur ses lèvres mets ta sagesse,

Et mets ton sceptre dans sa main !

Que, pénétré de ta foi sainte,

Il parle debout et sans crainte

Dans le palais des Pharaons ;

Qu'il se dévoue et qu'à sa suite

Tout un peuple se précipite

Lorsque son geste a dit : Allons !

Or, cet homme est venu : grand de son sacerdoce,

Dans les champs fraternels d'Angleterre et d'Ecosse

Sa parole a semé le droit,

Et le vent a porté, comme une douce offrande,

Les cris de sympathie à la pieuse Irlande,

A travers les flots du détroit !

L'apôtre dévoué, dont la voix est bénie,

Etale à tous les yeux cette lente agonie

D'un peuple sur le lit de Job;

Et les peuples émus ont pleuré ses misères,

Car ils ne vendent plus le plus saint de leurs frères,

Comme les enfants de Jacob.

A l'Orient céleste un nouveau jour approche,

Dans le champ des abus il est temps que l'on fauche;

Milords, ne dites pas demain,

Lorsque dans sa douleur un peuple vous implore,

De crainte que demain lui-même avant l'aurore

Ne vienne avec la faulx en main!

Quoi! depuis trois cents ans l'Angleterre se vante

De porter sur la terre et sur l'onde mouvante

La richesse et la liberté,

Et l'Irlande, sa sœur, à son sceptre soumise,

A l'ombre de sa croix, seule aura pour devise:

L'esclavage et la pauvreté!

Les martyrs patients de la foi catholique
Trouveront aujourd'hui, comme dans Rome antique,
    Des persécuteurs inhumains !
Quand la force partout fait place à la justice,
Et que la croix bénit sous son ombre propice
    Le monde et les Romains !

Ah ! c'est un droit sacré qu'un peuple vous demande :
Ennuyé de prier, quelquefois il commande,
    Devient implacable à son tour ;
Il se rue en haillons sur les bancs des comices,
Se fait sa part immense, et cent ans d'injustices
    Sont vengés en un jour !

Le Prolétaire.

Le Prolétaire.

⊸⦉※⦊⊷

Les riches jusqu'ici seuls ont eu leurs poètes
Pour pleurer dans leur deuil et chanter dans leurs fêtes;
La harpe aux cordes d'or ne vint que rarement
Du Saül prolétaire appaiser le tourment;

Du peuple de la faim, Job tout couvert d'ulcères,
La muse n'a jamais visité les misères !
A l'élégie il faut, pour exciter ses pleurs,
De nobles fictions, de royales douleurs ;
De l'encens à brûler et des fleurs d'asphodèles
A couvrir largement les tombes immortelles ;
Les poètes sortis des plus infimes rangs,
Elèvent leurs parfums jusques aux pieds des grands,
Et craignent de toucher, comme un lépreux immonde,
Le pauvre tout chargé des misères du monde !
Or, mon âme pâtit de toutes ses douleurs,
Ma voix aura des chants, mes yeux auront des pleurs
Pour l'Ixion du peuple, attaché sur la roue
Quand le char du progrès s'arrête dans la boue ;
Ecoutez donc ce chant de plainte que ma main
Va tirer tristement de la lyre d'airain :

Sa chair, d'étroits lambeaux est à peine couverte,
Sa bouche est à la faim incessamment ouverte,
Et le lait de sa mère, aigri par le travail,
Abreuve de poison ses lèvres de corail ;

Aussi l'on ne voit pas briller sur son visage
Ces vermeilles couleurs, roses de son jeune âge ;
Son aurore est pareille aux aubes des hivers,
Où l'hymne de l'oiseau n'enchante plus les airs ,
Où le nuage obscur ternit l'azur céleste ,
Où la terre s'endort sous le givre funeste ,
Et l'homme n'entend plus ces ineffables voix
Qui s'élèvent des prés, des ondes et des bois !

Il grandit pour la peine, hélas ! et sa pauvre âme
Se rouille en son fourreau, comme un tranchant de lame ;
Car la nécessité qui torture son corps
Veut qu'il souffre au dedans comme il souffre au dehors ;
Et pourtant, c'est par lui que se fait toute chose ·
Il est le bœuf ardent qui jamais ne repose ;
Le ver laborieux qui se creuse un tombeau,
Afin de nous couvrir d'un vêtement plus beau ;
L'éternel pourvoyeur qui nourrit les familles,
Le vengeur inconnu qui force les bastilles ,
Et de la liberté plante l'arbre au soleil,
Sans que jamais sa lèvre en goûte un fruit vermeil,

Ou qui, toujours rempli d'un dévoûment sublime,
Défend l'or qu'il n'a pas ou la loi qui l'opprime !

Lorsque la guerre éclate et que le tambour bat,
Il vole le premier à l'appel du combat,
Lui, que dans son foyer sa misère protége,
Franchit, loin de son toit, les monts couverts de neige ;
Brave les vents, les flots, les écueils de la mer,
Oppose aux éléments un courage de fer ;
Il lutte avec la soif, joue avec la mitraille,
Arrose de son sang tous les champs de bataille,
Et quand il a vaincu, fier de sa pauvreté,
Rentre dans son travail et son obscurité.
Sublime Prométhée, immortelle victime,
Quand un fléau l'épargne, un autre le décime !
Si l'ange de la mort, dans les airs emporté,
Pour prendre son repas s'abat sur la cité,
C'est lui qui, le premier, s'offrant à la torture,
Au monstre dévorant fournira la pâture !
Toujours quelque vautour lui rongera le cœur !
Regardez-le gisant sur son lit de douleur :

Tout lui manque à la fois : les haillons à sa couche,
Le bois à son foyer et l'air pur à sa bouche ;
Et dans ce dénûment, quand il expirera,
Pour le mettre au tombeau le linceul manquera !

Mais le lion captif, fatigué de l'outrage,
S'irrite et rompt parfois les barreaux de sa cage,
Court dans la rue étroite et sur les quais déserts,
De ses rugissements épouvante les airs,
Et d'un ongle terrible il déchire avec joie
L'enfant inoffensif dont il a fait sa proie ;
Se nuit pour se défendre, et d'un aveugle effort,
Mâche le fer sanglant qui lui donne la mort !

Ainsi l'homme souvent s'obstine à ne plus vivre ;
Fatigué de souffrir, lui-même il se délivre,
Rompt la digue des lois comme un faible barreau,
Et la victime prend la hache du bourreau !

Or, voilà maintenant le mal qui nous obsède
Et dont il faut chercher la cause et le remède !
Les Lycurgue envoyés pour nous faire des lois
N'ont songé jusqu'ici qu'à l'intérêt des rois,
Qu'à faire rebrousser le temps qui nous emporte
Ou bâtir sur ses bords une digue plus forte.
Souvent à tes rameaux qui pendent dans les airs
Ils ont, ô liberté ! greffé des fruits amers,
Et n'ont jamais songé, tant l'œuvre les effraie,
A mettre sagement du baume sur la plaie,
A porter le scalpel aux racines du mal
Qui s'obstine à pousser sur le corps social ;
A faire refleurir, parmi tant de ruines,
Les rameaux tout remplis du parfum des doctrines,
Et faire dans les lois entrer la charité :
Ce céleste ciment de la société !

Nous attendons pourtant, car toujours l'homme espère
De douleur en douleur un destin plus prospère,
Parmi tant de tribuns élaborant des lois
Dieu montrera peut-être un homme de son choix ;

Un de ces hommes forts qui, rois par la parole,

Savent dans l'action prendre le premier rôle,

Triompher de l'obstacle et pour les nations

Faire mûrir le fruit des révolutions ;

Et mieux que Curtius savent fermer le gouffre

S'entr'ouvrant sous nos pas lorsque le peuple souffre,

Car l'abîme profond ne se referme pas

Parce qu'un citoyen se dévoue au trépas :

Ce sont tous les abus qu'il faut que l'on immole ;

Et surtout c'est le MOI, l'universelle idole,

Ce multiple Baal que l'on oppose à Dieu,

Ce néant qui se fait toute chose en tout lieu,

Mais qu'on ne vit jamais, comme au temps où nous sommes,

Tant relâcher le nœud qui lie entre eux les hommes,

Etouffer froidement dans ses deux bras jaloux,

Le dévoûment d'un seul à la cause de tous !

O Christ ! brisez l'idole en son temple d'argile,

Ranimez dans les cœurs l'esprit de l'Evangile,

Seul pouvant soulager les maux de chaque jour

Qui pèsent sur le pauvre, au terrestre séjour,

12

Et lui donner enfin, mieux que tous les systèmes,

La paix et le bonheur, difficiles problèmes,

Dont l'inconnue échappe à l'esprit du penseur

Qui n'a pas, ô mon Dieu! ta science en son cœur.

La mort de Saint Louis.

La mort de Saint Louis.

⊕⊠⊕

I.

Isthme, golfe profond, collines et déserts
Où Carthage autrefois élevait dans les airs
    Ses palais, ses temples superbes,
De tous vos monuments il ne vous reste plus
Que quelques dieux voilés de figuiers chevelus,
    Et couchés dans des touffes d'herbes.

Le voyageur qui vient s'asseoir sur vos débris,
Solitaire et pensif, ne trouve plus d'abris
    Contre le soleil qui l'inonde ;
Il n'entend que le bruit des ailes des vautours,
Des monstrueux serpents couchés comme vos tours,
    Le murmure lointain de l'onde.

Mais de beaux souvenirs montent de toutes parts,
De la vague des mers et des débris épars,
    Et peuplent du moins ce lieu vide :
C'est là que s'élevait le palais de Didon ;
Là cette reine en deuil, pleurant son abandon,
    Allumait son bûcher avide.

L'œil croit voir sur ces mers se déployer encor
Aux mâts de cent vaisseaux voiles de pourpre et d'or,
    Pour une bataille navale ;
Et sur les bords déserts les tentes des guerriers
Que la jalouse Rome envoyait par milliers
    Afin d'étouffer sa rivale.

Régulus, Scipion, Sophronisbe, Asdrubal !
Napoléon antique et qu'on nomme Annibal !
    Vos-ombres semblent y descendre ;
Mais un plus beau spectacle à nos yeux éblouis
Se présente : c'est là que mourut saint Louis,
    Humblement couché sur la cendre.

Jamais dans son palais peuplé de courtisans,
Sur son trône splendide aux lambris reluisants
    D'or et d'argent comme un calice,
Sous son manteau d'azur jamais il n'apparut
Aussi grand, aussi beau que le jour qu'il mourut
    Sur la cendre et dans le cilice.

Le soleil se couchait, et ses derniers rayons
Noyaient de lames d'or le fer des bataillons,
    Le casque et la cuirasse antique ;
Et cent mille chrétiens, soldats du roi des rois,
Sur leurs blancs étendards faisaient flotter la croix
    Au souffle qui venait d'Utique.

Des députés d'Asie au camp étaient venus ;
Au sommet de Byrsa les Maures demi-nus
  Dressaient leurs tentes vagabondes,
Comme si pour montrer comment meurt un saint roi,
Près du lit, où tranquille il s'endort dans la foi,
  Dieu voulait convoquer trois mondes.

Le voilà donc couché, comme pour s'endormir,
L'œil fixé sur le Ciel d'où le jour doit venir,
  Les bras croisés sur sa poitrine ;
Dans cette pose sainte et pleine de beauté,
Ce Socrate des rois montre à la royauté
  Quelle est sa mission divine.

Philippe, avec amour, vers la terre penché,
Les genoux dans la cendre où son père est couché,
  Reçoit sa dernière parole :
O rois ! pour que le sceptre en vos mains soit sacré,
Que les derniers accens de ce prince inspiré
  Soient désormais votre symbole !

II.

Héritier de mon sceptre, héritier de ma foi,
Sur le trône, ô mon fils! fait monter avec toi
Le Christ qui se donna pour nous en sacrifice,
Et dont la loi d'amour, de paix et de justice,
Créa la royauté, sacerdoce pieux,
Pour rendre Dieu propice et les peuples heureux :
Ministère sacré, paternité sublime,
Qui se doit sur la terre aux faibles qu'on opprime.
A la sainte équité tous ont les mêmes droits,
Et c'est elle, ô mon fils, qui consacre les rois!
Règne par l'équité pour que ton peuple t'aime ;
Que toujours son bonheur soit ton bonheur suprême!

La liberté, son bien le plus cher, le plus beau,
S'ouvrit avec le Christ la pierre du tombeau :
Oh ! règne aussi par elle, et qu'elle rajeunisse
Ce monde né d'hier, mais vieilli par le vice ,

Car le Dieu dont j'embrasse ici les pieds sanglants,

Ne veut plus sous le ciel esclaves, ni tyrans.

Chasse donc de ta cour ces conseillers iniques

Tout pleins de passions basses et tyranniques,

Ces lâches courtisans dont l'habit est doré,

Mais dont l'âme est de boue et le joug abhorré !

Entre le peuple et nous ils projettent leur ombre,

Pour nous cacher des maux dont Dieu seul sait le nombre,

Et leur impie orgueil attire quelquefois

La colère de Dieu sur la tête des rois.....

Adieu ! mon œil se ferme et mon âme s'envole :

Au nom du Dieu vivant qui bénit et console,

Au nom du fils de Dieu qui s'immola pour nous,

Par tout ce que j'adore et que j'ai de plus doux,

Trois fois je te bénis ! Il dit, et son haleine

S'éteignit sur sa lèvre immobile et sereine.

Déjà son âme sainte avait pris son essor,

Et pourtant on eût dit qu'il sommeillait encor,

Et la voix des guerriers pleurant son agonie

Aux chants joyeux du Ciel mêlaient leur harmonie.

Ainsi quand le soleil superbe et solennel,

Se couchant pour un monde, éclaire un autre ciel,

L'hémisphère inondé de vie et de lumière
S'éveille le cœur plein de joie et de prière :
Il a des chants d'amour; l'autre que l'astre a fui
N'a plus que des soupirs qui passent dans sa nuit,
Quelques accords plaintifs, monotones, funèbres,
Sur les ailes du vent jetés dans les ténèbres.

L'Espagne.

L'Espagne.

⚜

Où sont ces beaux jours où les voiles
Et de Castille et d'Aragon,
Voguant sur la foi des étoiles,
T'apportaient l'Amérique en don?

Ere brillante et triomphale
Où Ximenès sous sa sandale
Ecrasait la fierté des rois;
Jours où sa main large et profonde
Faisait comme une chaîne au monde
Du bleu cordon de Saint-François?

Adieu plaisirs, danse lascive,
Et combats du tauréador,
Espagne, la misère oisive
A troué ta mantille d'or:
Sous les beaux arbres de Grenade
Plus d'amour ni de sérénade,
Et plus de comte Almaviva;
Plus de Figaro dans Séville,
Au bruit de la guerre civile
La folie aimable s'en va!

La foi sainte n'est que le culte,
Quelques formules d'oraison;

Et comme la terre est inculte
On laisse inculte la raison ;
Trop paresseux pour qu'il travaille ,
Le peuple au pied d'une muraille
Vient s'abriter contre le vent ,
Et quand l'heure du repas sonne ,
Ce mendiant qui vit d'aumône
Frappe à la porte d'un couvent.

Et cette honteuse ressource
Va manquer à sa pauvreté :
Un vent de feu tarit la source
D'où s'échappe la charité ;
Les moines faits pour la prière
Ont déposé le saint rosaire
Et du glaive ont armé leurs mains ,
Et sous l'ombre des sicomores
Ce ne sont plus les corps des Maures
Qui jonchent au loin les chemins.

Le fer des combats étincelle
Aux mains des frères ennemis ;
Le sang des Espagnols ruisselle
Sur le sol qui les a nourris.
Hélas ! et leur valeur sauvage
Porte la flamme et le carnage
Dans les bourgs et dans les cités,
Et le choléra, leur émule,
Des bords de l'autre péninsule
Menace les murs dévastés.

Si les héros de son histoire,
Qui dorment dans le monument,
S'éveillent dans la tombe noire,
Et se soulèvent un moment,
Ils considèrent en silence
Sous ce beau ciel tant d'indigence,
Tant de crimes et tant de deuil
Que, pleins d'une pitié profonde
Pour les misères de ce monde,
Ils retombent dans leur cercueil.

Ah ! dormez dans votre suaire ,

Enfants du Cid , nobles héros ,

Que jamais aucun cri de guerre

Ne vous réveille en vos tombeaux !

Que vos paupières restent closes ,

Vous êtes couchés sous des roses ,

Sous les cyprès bercés des vents ;

Mais les ronces et les épines ,

Mais les chaumières en ruines ,

Voilà la couche des vivants.

Eh bien ! si l'Espagne est barbare ,

Si son beau destin est changé ,

C'est qu'il fallait que de Pizarre

Le nouveau monde fût vengé ;

Pour expier tant d'injustices ,

Il fallait de longs sacrifices ,

D'amères tribulations ;

Endurer la mort de l'histoire ,

Pour ressusciter à la gloire

Ce paradis des nations !

Pour satisfaire à la justice

Qui sous le ciel ne prescrit point,

Toujours quelque grand sacrifice

Se consomme sur quelque point :

Quand l'un finit, l'autre commence ;

La terre est un autel immense,

Chaque peuple en est le martyr ;

La douleur en est le grand-prêtre :

Un peuple souffre pour renaître,

Un autre souffre pour mourir.

La Décentralisation littéraire.

A MON AMI N. P. BARBUT.

La Décentralisation littéraire.

A MON AMI N. P. BARBUT.

⬦⬛⬦

Paris, cette Sodome où coule la luxure,
    Nous dispense la liberté,
Et l'on ne peut cueillir que dans sa fange impure
    La palme d'immortalité ;

Et parce que la vie est toute dans la tête,

    Et que tous les membres sont froids,

Le délire s'en mêle et le luth du poète

    Râle et blasphème sous les doigts !

Là sont les affamés des quatre coins du monde,

    Tous les échappés du devoir,

Tous les hommes vénals qui d'une bouche immonde,

    Mangent dans l'auge du pouvoir ;

Les âmes trafiquant de la sainte pensée,

    Qui se vendent aux factions;

Tous les impatients dont l'haleine pressée

    Souffle le feu des passions.

L'insatiable mort y trouve une pâture

    Bien plus abondante qu'ailleurs :

Car, mieux que la misère et mieux que la nature

    Les vices sont ses pourvoyeurs.

Là, que d'anges tombés, et dont une main dure
    A déchiré les ailes d'or,
Qui gisent palpitants dans la poussière impure
    Sans pouvoir prendre leur essor !

Rappelons-nous Gilbert et sa triste agonie :
    Il demandait pardon à Dieu
D'avoir loin de son ciel égaré son génie,
    Méconnu dans ce mauvais lieu ;

Il regrettait ses champs et leur douce verdure,
    Où loin des regards des jaloux,
Sur son luth virginal sa voix chantait plus pure,
    Et ses rêves coulaient plus doux.

Nous, plus heureux que lui, restons donc où nous sommes,
    Comme l'abeille dans sa fleur,
Et chantons pour chanter : la gloire est pour les hommes
    Le deuil éclatant du bonheur !

Faut-il des souvenirs ? nos villes en sont pleines ;
 Ils pendent en sacrés lambeaux ; .
Et les dieux mutilés sont couchés dans nos plaines ,
 Comme dans leurs vastes tombeaux ;

La gloire a sillonné nos campagnes fertiles ,
 Et Rome a dressé de ses mains
Ces monuments épars qui décorent nos villes ,
 Filles superbes des Romains !

Il est de frais abris et de calmes retraites ,
 Des lits de fleurs, de clairs ruisseaux ,
Où murmure la brise, où rêvent les poètes ,
 Où chantent en chœur les oiseaux ;

Et dans nos humbles toits adossés aux collines ,
 Comme des ruches sous le ciel ,
Le temps n'a pas tué les croyances divines ,
 Fleurs dont la muse fait son miel.

Restons, enivrons-nous de la douce atmosphère

    Où nos yeux s'ouvrirent aux jour,

Nos lèvres au lait pur du sein de notre mère,

    Notre cœur au premier amour;

Restons pour consoler dans leur pauvre demeure

    Tous ceux qui souffrent près de nous,

Faire pure leur joie et leur âme meilleure

    Et rendre le foyer plus doux.

FIN.

Table.

Table.

❧

Livre Premier.

Livre Second.

Livre Troisième.

www.ingramcontent.com/pod-product-compliance
Lightning Source LLC
Chambersburg PA
CBHW051819020726
47502CB00005B/1534